Giulia e il sogno avventuroso

Scritto e illustrato da

Mauro De Franco

Giulia e il sogno avventuroso, scritto e illustrato da Mauro De Franco.

Edizione 2021

Dello stesso autore:
Giulia e il dottore dormiglione, 2021.

Per acquisti e ordini:
www.amazon.it

Ti piace il racconto? Lascia una recensione su amazon.it!

Ad Alessandra e Giulia,
i miei veri tesori.

Perché dormire?
No, io voglio giocare e divertimi!
disse Giulia alla mamma.

Ma davvero pensi che dormire sia noioso?
chiese a Giulia la sua mamma....
Vedrai che non è così...

Giulia però non sembrava convinta...

Giulia però era tanto stanca...
e si addormentò..

Il sonno era
profondo,
rilassato,
sereno...

Passò poco tempo, e qualcosa svegliò
Giulia.
Ma…sono in un bosco?!
si chiese Giulia.
E cosa è quella strana buca?

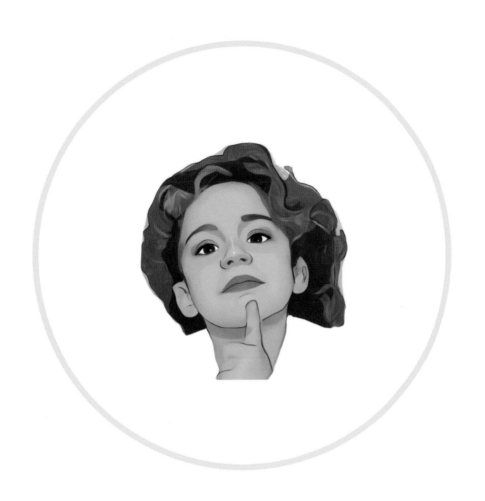

Ma è la tana di una talpa!
Però che strano…c'è una scala…e…ohhh…
C'è un bosco dentro la tana!
Ma come è possibile!!!

E così, Giulia si avventurò
dentro quella bizzarra tana…

Giulia si ritrovò a camminare in un bosco guidata dalla luce delle stelle e della Luna... poteva sentire il canto delle civette e il profumo degli alberi!

Giulia giunse davanti a un bivio…
sulla destra c'era la casa del Dottore Dormiglione!
Che bello voleva proprio andarci!

Ma dall'altra parte sentì e vide una ranocchia, era una
cucciola!
E chiedeva aiuto!

Ti aiuterò a trovare la mamma!
disse Giulia raggiungendola.

Eccola la tua mamma! esclamò Giulia.
La ranocchia saltò giù
dalle braccia di Giulia
e raggiunse la mamma rana.

Che tenero abbraccio!!!

Giulia era così felice di aver aiutato
la piccola rana!

Giulia riprese a seguire il
Percorso…
il sole stava sorgendo
a Est
e un nuovo giorno era
Iniziato

Giulia sentì improvvisamente degli strani versi venire dal cielo.

Alzò allora lo sguardo e...
che meraviglia!!

*Una mamma pellicano
con tre piccoli pellicani!*

Voglio raggiungerli!
si disse Giulia.

Ciao Giulia!
Vuoi giocare a nascondino con noi?
E così tutti e 5 iniziarono a giocare
e toccò a Giulia contare!

Giulia riprese a camminare per il bosco, saltando
felice e spensierata,
quando intravide tra gli alberi
una casetta tutta colorata.

Chissà chi vive in quella casa!
Voglio proprio andare a vedere!

Le luci sembravano accese,
si sentiva anche della musica!

Però che porta piccola!
Per entrare bisognava proprio
mettersi a terra!

Mmm...chi è che mi osserva dalla finestra?
Ma è Livia!
Mia cugina!
Che bello!
Chissà cosa ci fa qui

Ciao Giulia!
disse Livia
Giochiamo?

Salta salta coniglietto, sei perfetto,
il nostro Re diventerai!
Sottomano di papà,
questa pallina è qui o qua?

E poi, insieme ad altre
amiche e amici
tutti a fare giro girotondo!
Che bello!!!

Dopo aver giocato a lungo con Livia e
gli altri amici, Giulia riprese il cammino.
Delle lontane campane suonarono,
indicando il mezzogiorno, e una strana
costruzione su una collina
attirò l'attenzione di Giulia.

Giulia incontrò una Volpe che stava
leggendo. Che buffa!
Leggere e ascoltare è importante Giulia,
disse la volpe,
ed è anche divertente!

Giulia era felice, ma iniziava
anche ad essere stanca!
Ma come tornare a casa?

Ciao Giulia!
Sono Talpa cucciola!
Vuoi tornare a casa? Seguimi!
E la talpa sparì nella sua tana...

E così Giulia si avvicinò per seguire
la talpa.

Guardò dentro la tana
e vide la sua stanza!
Ma come arrivarci?

Con la scala! C'era ancora la scala!

E improvvisamente apparve Livia!

Ciao Giulia!
La mamma aveva proprio ragione!
Anche nel sonno si può giocare e divertirsi tanto tanto!
Vero?

Si è vero...
dormire e sognare è
davvero bello....
Specialmente se
al risveglio
puoi farti abbracciare
dalla mamma!
...e dal papà!!